PROVERBES

UNE NUIT
EN CHEMIN DE FER

UN ACTE

DE QUATRE A SIX HEURES

UN ACTE

PARIS
IMPRIMERIE ÉDOUARD BLOT
16, RUE SAINT-LOUIS, 16

1862

PROVERBES

PROVERBES

UNE NUIT

EN CHEMIN DE FER

UN ACTE

DE QUATRE A SIX HEURES

UN ACTE

PARIS

IMPRIMERIE ÉDOUARD BLOT

46, RUE SAINT-LOUIS, 46

1862

UNE NUIT EN CHEMIN DE FER

PERSONNAGES

MADAME D'ARCY.	Mlle Figeac. Mlle Fix.
ERNEST DE VERNON.	M. Bressant.
Un Conducteur.	
Huit Voyageurs.	

UNE

NUIT EN CHEMIN DE FER

L'intérieur d'un wagon. — Salon du chemin d'Orléans. Il y a dix voyageurs. — Quand le rideau se lève, le train vient de s'arrêter à la station d'Étampes.

SCÈNE PREMIÈRE

MADAME D'ARCY, ERNEST DE VERNON, UN CONDUCTEUR.

LE CONDUCTEUR, du dehors.

Étampes! les voyageurs pour Étampes!

(Huit voyageurs descendent avec beaucoup de bagages.)

ERNEST, se parlant à lui-même.

Ouf!... on étouffait dans cette voiture... Parce que c'est un wagon-salon, on y met dix voyageurs... et avec leurs bagages..

(Il se promène dans le wagon, ouvre une glace, et passe sa tête par la portière.)

MADAME D'ARCY.

Monsieur!... Il ne m'entend pas... Monsieur, il commence à faire un peu froid; cela vous gênerait-il beaucoup de fermer cette fenêtre?

ERNEST.

Comment donc, madame. (Il ferme. Silence. Il change de place, ouvre un livre et lève le petit rideau qui couvre la lampe du haut de la voiture. Madame d'Arcy, que cette lumière incommode, fait un mouvement d'impatience.) Mon Dieu! excusez-moi, madame, je ne fais que des maladresses. (Il recouvre la lampe.) Est-ce que vous pouvez dormir la nuit en chemin de fer?

MADAME D'ARCY, froidement.

Vous me demandez, monsieur ?...

ERNEST.

Peut-être, madame, suis-je très-indiscret de vous adresser la parole sans avoir l'honneur d'être connu de vous; je vous demandais si vous pouviez dormir la nuit en chemin de fer ?

MADAME D'ARCY.

Je n'en sais rien, monsieur, car c'est la première nuit que je vais y passer.

ERNEST.

Vous allez à Bordeaux ?

MADAME D'ARCY, simplement.

Oui, monsieur.

ERNEST.

Ah ! vraiment ! Et moi aussi. (Nouvelle pause. Madame d'Arcy ôte son chapeau, met sur sa tête un voile de dentelle noire et s'apprête à dormir. Respectueusement.) Je crois, madame, que nous sommes destinés à voyager seuls jusqu'à demain matin... Voudriez-vous bien me permettre de vous parler de temps en temps; car, je vous l'avoue franchement, je ne me sentirai jamais le courage... anglais, de rester dix heures en tête-à-tête avec vous sans oser dire un mot, faute d'une présentation officielle... et puis, je ne sais pas à quoi cela se voit, mais ça se devine, vous êtes, madame, une femme distinguée, et je vous prie de croire que je suis un homme bien élevé.

MADAME D'ARCY, souriant.

Je vous remercie, monsieur, de la bonne opinion que vous avez de moi, et j'accepte très-volontiers celle que vous me donnez de vous-même.

ERNEST.

Ainsi, madame, la présentation officielle est faite ?

MADAME D'ARCY, souriant.

Oui, monsieur.

ERNEST.

Merci, madame.... Croiriez-vous que j'ai déjà parcouru la

moitié du globe, et que jamais je n'ai pu dormir la nuit hors de mon lit?

MADAME D'ARCY.

Voilà qui m'aurait bien vite corrigée de la manie du voyage.

ERNEST.

Au contraire, madame, quand on a couru beaucoup pendant la journée, on classe dans sa tête pendant la nuit tout ce qu'on a vu.

MADAME D'ARCY.

Vous êtes artiste?

ERNEST.

Oui et non... oui, si vous entendez par artiste un homme que le beau exalte, qui admire, dans les merveilles de la nature, la grandeur de Dieu, et, dans les merveilles de l'art, les conquêtes de l'intelligence.. Non, si vous me croyez capable de reproduire ce que je vois... je peins un peu... mais mal... J'écris beaucoup... mais mal... je crois que je chante aussi... mais faux.

MADAME D'ARCY.

Vous ne vous flattez pas... C'est donc seulement pour votre plaisir que vous avez tant voyagé?

ERNEST.

Mon Dieu, oui... après avoir achevé mes études, j'ai voulu choisir une carrière; j'avais toujours désiré être soldat; mais des obstacles s'y opposèrent. Il y avait bien la diplomatie, le barreau... j'étais assez bavard. (Madame d'Arcy sourit.) Vous riez, eh! bien, je me suis souvent demandé si c'est un défaut ou une qualité. Qu'en pensez-vous, madame?

MADAME D'ARCY.

C'est une réponse, monsieur, que je ne pourrai vous faire qu'à la fin de notre voyage.

ERNEST.

Oh! alors, je ne vais plus oser parler dans la crainte de dire quelque sottise.

MADAME D'ARCY.

Ne prenez pas une plaisanterie pour une méchanceté; continuez, je vous en prie.

ERNEST.

Je disais donc, qu'étant très-bavard, je crois que j'eusse peut-être été bon avocat; mais un incident me fit aussi y renoncer... J'assistais un jour à un grand procès... procès d'argent, où il y avait un voleur et un volé. L'affaire fut plaidée par les deux plus célèbres avocats de Paris, qui parlèrent avec autant d'éloquence que de perfidie, de sorte, qu'après les plaidoieries, on ne savait plus quel était le voleur où le volé... En sortant de cette audience, encore dans l'innocence et la naïveté de ma première jeunesse, je jurai que jamais je ne prendrais une carrière où je devrais indistinctement, et sans conviction, plaider le vrai et le faux.

MADAME D'ARCY.

Pourtant, c'est du barreau que sont sorties plusieurs des illustrations de l'époque.

ERNEST.

Fi! madame, une jolie femme défendre ces vilaines robes noires!

MADAME D'ARCY.

Et si mon mari était avocat?

ERNEST.

Ah! madame, il y a des exceptions partout, et si vous l'avez choisi ainsi, c'est qu'il doit être un homme d'esprit et de cœur.

MADAME D'ARCY.

Vous vous tirez fort bien d'un mauvais pas par un compliment. Je vois qu'en réalité vous n'aviez aucune vocation très-prononcée.

ERNEST.

C'est pour cela que, ne me croyant pas bon à grand'chose, je me suis décidé à ne rien faire. J'avais une fortune indépendante, je partis, pour ainsi dire, le sac sur le dos, sans projets arrêtés à l'avance; où je me trouvais bien, je plantais ma tente, et j'y restais tant que le pays et les gens me plaisaient ; j'ai ainsi parcouru la moitié du globe.

MADAME D'ARCY.

Laissant peut-être à chaque buisson de la route ..

ERNEST, l'interrompant en riant.

Un lambeau de mon cœur? non, madame. Cela vous étonne peut-être ; mais je n'ai vraiment pas eu grand mérite... je ne trouve que les Françaises réellement jolies femmes.

MADAME D'ARCY.

Merci pour nos compatriotes... Cependant, on rencontre partout de belles étrangères, dont tout le monde admire la grâce et l'élégance.

ERNEST.

C'est vrai; mais c'est une question de goût... D'abord, je soutiens qu'il n'y a que les Françaises qui aient de jolis pieds. (Madame d'Arcy, qui avait les pieds avancés les retire vivement.) Oh! vous ne les avez pas retirés assez tôt, je les avais vus, ils sont ravissants... et puis, il n'y a aussi que les Françaises qui aient des mains petites et bien gantées. Enfin, pour moi, qui ai voyagé de toutes les façons : en chemin de fer, en diligence, sur l'eau, dans les airs même (car j'ai eu la fantaisie d'aller en ballon), je reconnaîtrais une Française entre cent mille femmes; vous, par exemple, madame, vous avez une robe de voyage sans falbalas, vous avez ôté votre chapeau, mis votre voile sur votre tête pour passer la nuit, cela a été tout simplement, tout naturellement fait, et cependant, vous êtes charmante ainsi ; une Anglaise, avec une robe à trente-six volants, se serait enveloppée dans un, deux, trois tartans; une Allemande, après avoir retiré de ses grandes poches une couverture, aurait emprisonné sa tête dans un affreux foulard rouge ou jaune.

MADAME D'ARCY.

Si vous êtes méchant... (Riant.) au moins, vous l'êtes avec gaieté, et vous dites toutes ces petites malices avec tant d'entrain et de bonne humeur, que je suis sûre que ni Anglaise ni Allemande ne s'en fâcherait bien fort si elle vous entendait; je vous trouve vraiment très-amusant.

ERNEST.

Vous êtes bien bonne, je vous remercie, car une autre femme aurait peut-être minaudé un : « Oh ! monsieur, je ne vous connais pas, je ne sais pas comment vous osez me parler ainsi. » Tandis que vous, madame, vous avez de suite compris qu'un homme peut se trouver seul, avec une femme jeune et jolie, s'efforcer de lui paraître aimable sans être ni indiscret ni inconvenant.

MADAME D'ARCY.

Je crois qu'en voyage la franchise de votre caractère a dû toujours vous réussir.

ERNEST.

Oui, madame, et souvent parti seul, il est bien rare que je sois revenu sans un ami, ou une amitié laissée derrière moi.

MADAME D'ARCY.

Depuis combien d'années voyagez-vous ?

ERNEST.

J'ai vingt-huit ans, j'étais libre à dix-huit. Voilà dix ans que je cours le monde, et (montrant un livre cartonné), j'en suis à mon deuxième volume.

MADAME D'ARCY.

Comment ! vous avez déjà publié vos impressions de voyage ?

ERNEST.

Grand Dieu ! non, j'écris pour moi, et pour pouvoir me relire ; je vous avoue qu'il me sera fort indifférent de me rappeler un jour que sur telle montagne, j'ai vu de la neige en plein été, que dans tel village, j'ai trouvé mauvaise auberge, mauvaise soupe et mauvais lit, ou toute autre misère de la vie de voyage.

MADAME D'ARCY.

Alors, c'est donc un livre d'observations philosophiques ?

ERNEST.

Non, madame, je l'ai intitulé : *le Livre des souvenirs*, et toutes les fois que je me sens triste, ou qu'une grande préoccupation agite mon esprit, j'ouvre mon livre, sûr d'y trouver soit une consolation, soit un encouragement... Quand nos compagnons de voyage sont descendus à Étampes, j'étais sous une impression douce et en même temps pénible; je sentais que j'avais besoin d'air, je ne pouvais rester en place; mes pensées allaient encore plus vite que le chemin de fer... Comme il faisait nuit, je me penchai vers la lampe pour lire quelques pages, eh! bien, vrai! je ne vous avais pas regardée; aussi, quand vous m'avez parlé, le son de votre voix m'a frappé, il m'a rappelé (montrant son livre) un de mes plus agréables souvenirs. Figurez-vous, madame...

MADAME D'ARCY, l'interrompant.

Des confidences! mais nous ne sommes pas encore assez intimes pour cela.

ERNEST.

Oh! madame, quoique je sois presque un sauvage, croyez bien que je n'oserais jamais vous dire une chose déplacée; ce souvenir, c'est le bonheur de deux amis; je relisais ce petit récit lorsque, entendant votre voix, j'ai cru que c'était celle de l'un d'eux.

MADAME D'ARCY.

Une grosse voix d'homme! Ah! cela n'est plus aussi galant.

ERNEST.

Non, madame; celle d'une charmante femme comme vous. — L'an passé, au commencement de juillet, un ancien camarade m'écrivit qu'il venait de se marier selon ses goûts et selon son cœur, et que si ma fantaisie me portait cette année vers la Suisse, il serait à Genève tout le mois, enchanté de m'embrasser et de me présenter à sa chère Marie. Rien ne me retenait à Paris, je partis de suite; j'aime beaucoup cet ami, nous avons voyagé pendant deux ans en Amérique; il me proposa de faire avec eux le tour des montagnes de l'Oberland, j'acceptai avec grand plaisir.

MADAME D'ARCY.

Et vous vous êtes mis en tiers dans les joies d'une lune de miel?

ERNEST.

Ils me traitèrent comme un frère; notre petit voyage fut délicieux, je ne pouvais me lasser d'admirer cette jeune femme, presqu'une enfant, s'animant, s'exaltant à la vue de ces grandioses beautés de la nature; et, avec la naïveté d'un premier amour, venir, le cœur ému de ces sublimes spectacles, se jeter dans les bras de son mari, en lui disant : « Oh ! mon ami, tout cela est bien grand, bien beau, mais tu es encore plus beau que tout cela, car je t'aime ! » Et moi, loin d'être jaloux d'une si grande passion, je leur prenais les mains et leur répétais : « Oh ! oui, vous avez raison, vous êtes tous deux plus beaux que tout, car vous êtes bien réellement le chef-d'œuvre de Dieu ! » Je laissai ces chers amoureux s'adorer à Interlaken et revins à Paris. J'avais passé deux mois avec eux, heureux de leurs félicités, joyeux de leurs joies, sans qu'il me fût arrivé une seule fois d'envier leur sort. Mais à mon retour, en relisant dans ce livre les pages écrites en Suisse, je fus pris d'une tristesse que je ne pus surmonter, je me demandai si un jour je serais aimé comme il était aimé, lui, si une femme adorée me dirait, comme à lui : « Tu es plus beau que tout, parce que je t'aime ! »

(Ernest est devenu pensif en disant ces derniers mots, et reste absorbé dans ses réflexions, la tête dans ses mains.)

MADAME D'ARCY, *émue.*

Il doit être tard ! (*Elle regarde sa montre.*) Deux heures et un quart, je suis un peu fatiguée et je sens venir le sommeil. (*Tout bas.*) Bonsoir, monsieur, bonne nuit !

(Elle se met dans un coin, ramène son manteau sur ses épaules, et s'endort.)

ERNEST, *qui est resté pensif pendant quelques instants.*

Elle s'est endormie en souriant... à un tendre souvenir peut-être... Jamais je n'ai vu un si gracieux visage, jamais je n'ai entendu une voix plus douce et plus sympathique... Mais il commence à faire froid, et ma belle compagne me paraît peu chaudement vêtue.

(Il prend son manteau, couvre les pieds de madame d'Arcy, puis va s'asseoir dans le coin opposé, toujours en la regardant. — Le convoi s'arrête.)

LE CONDUCTEUR, ouvrant la portière.

Tours, vingt minutes d'arrêt! — Tours, vingt minutes d'arrêt !

ERNEST.

Elle dort de si bon cœur qu'il serait cruel de la réveiller. Je vais fumer une petite cigarette.

(Il descend sans bruit et referme la portière.)

SCÈNE II

MADAME D'ARCY, seule.

Il est parti ! Ah ! je n'en suis pas fâchée. Ce jeune homme, malgré sa tenue respectueuse et ses paroles très-convenables devenait un peu vite un ami, et je crois que j'ai bien fait de feindre de dormir, pour éviter que la conversation ne prît une tournure trop sentimentale. Il cause gaiement, il est très-distingué, et un tête-à-tête forcé qui doit durer dix heures est toujours embarrassant... surtout aujourd'hui, qu'une vieille amie de ma mère veut me remarier ! elle désire me faire épouser son neveu, dont elle me fait l'éloge depuis un an. J'ai même consenti à une entrevue pour ce soir, chez elle, à Bordeaux ; mais ne voulant pas m'engager avant de consulter mon tuteur qui m'aime comme sa fille, je suis partie avant-hier pour Paris sans prévenir personne, préférant la fatigue de ce voyage à une correspondance dans laquelle on ne peut pas tout savoir... Lui aussi me conseille ce mariage, et si monsieur de Vernon est tel qu'on le dit, je prendrai cette grande détermination. Je suis donc bien décidée à ne plus écouter les confidences de mon voisin... Qui peut-il être ?... Il s'est très-poliment présenté lui-même... mais il a oublié de se nommer. (Apercevant une valise placée dans le fond.) Ah ! une valise... son nom est peut-être là... si j'osais... (Elle va s'asseoir près de la portière par laquelle Ernest est descendu.) Il ne revient pas encore. (Elle se lève et lit.) « Ernest de Vernon ! » Ernest de Vernon, mon prétendu ! mon prétendu qui voyage cette nuit, seul avec moi... Ah ! quel étrange hasard ! Sa tante ne l'a pas flatté, il est fort bien... seulement, je crains qu'il ne prenne pas assez au sérieux ses projets de mariage. Pour un homme qui va voir la femme à laquelle il veut unir sa destinée, il a paru un peu trop m'admirer. Ses regards! ses petits soins pendant mon sommeil! Sera-ce là le mari qui doit me donner le bonheur? et n'est-ce pas une faveur du ciel de l'avoir rencontré pour empêcher une folie?... Je veux tenter une épreuve.

LE CONDUCTEUR.

En voiture, les voyageurs pour Bordeaux! En voiture, les voyageurs pour Bordeaux!

SCÈNE III

MADAME D'ARCY, ERNEST.

(Madame d'Arcy, qui s'est remise à sa place, feint toujours de dormir. — Ernest remonte avec précaution. — On sonne la cloche du départ. — La machine siffle. — Madame d'Arcy se réveille.)

MADAME D'ARCY.

Mon Dieu! est-ce qu'il y a longtemps que je dors? Où sommes-nous?

ERNEST.

Nous quittons Tours, madame, où le convoi s'est arrêté pendant vingt minutes; vous dormiez si bien, vous aviez l'air de faire un si joli rêve, que je n'ai pas osé vous réveiller.

MADAME D'ARCY.

Oui, je faisais un joli rêve, il s'est envolé avec mon réveil. Je me sens froid... ne trouvez-vous pas que cette obscurité qui nous entoure, cette rapidité de notre marche, même ce bruit monotone de la machine, finissent par fatiguer les nerfs... vous m'aviez presque égayée avant que je m'endorme; maintenant j'ai comme envie de pleurer, mon cœur est oppressé... il me semble que je suis seule au monde, que je ne reverrai plus ceux que j'aime...

ERNEST.

Si c'est là votre rêve, il n'est pas déjà si gai, et je remercie cette cloche de ne pas avoir respecté votre sommeil! Chassez ces vilaines pensées, madame, ou ne voyagez jamais seule... Ce que je vais vous dire vous paraîtra peut-être d'une indiscrétion inouïe, mais je vous en prie ne vous en fâchez pas... Je ne comprends pas comment votre mari vous laisse, sans lui, partir pour un si long voyage...

MADAME D'ARCY.

Qui vous a dit que j'avais un mari?

ERNEST.

Excusez-moi, madame, j'avais entendu... je croyais que vous aviez parlé...

MADAME D'ARCY.

Non, monsieur, je suis seule et libre, deux tristes, bien tristes choses dans ce monde...

ERNEST, ému.

Seul et libre! Voilà deux mots que j'ai aussi bien des fois répétés dans ma vie.

MADAME D'ARCY.

Mais, vous avez raison, je veux chasser ces noires pensées. Le commencement de notre voyage a été, grâce à vous, trop agréable, pour que je vienne, par mes vapeurs et mes nerfs, en attrister la fin... Voyez comme je suis peu coquette, je n'ai seulement pas encore regardé si ma toilette et ma coiffure avaient souffert pendant mon sommeil. (Elle prend dans son sac de voyage qui est sur la table une petite glace et se regarde.) Ah! mes cheveux sont tout en désordre... voyons, monsieur, prenez ce miroir.

(Elle ôte ses gants, son voile, et prend un petit peigne à lisser les cheveux. — Ernest s'assied sur sa valise, en face d'elle.)

ERNEST, tenant le miroir.

Quoique je ne les eusse pas vues, j'avais deviné que vous aviez de jolies petites mains.

MADAME D'ARCY, avec coquetterie.

Oui, monsieur, c'est convenu, j'ai de jolies mains, de jolis yeux, de jolis pieds, je ne suis point une femme, mais une petite merveille.

ERNEST.

Vous pouvez rire, madame, mais je vous jure que cela est la plus vraie des vérités.

(Il a pris le miroir, et, très-distrait, a mis la glace de son côté.)

MADAME D'ARCY, avec malice.

Comment vous trouvez-vous, monsieur?

ERNEST, surpris.

Je ne comprends pas, madame.

MADAME D'ARCY.

Je vous demande, monsieur, comment vous vous trouvez?... retournez donc ce miroir...

ERNEST, retournant le miroir.

Ah! pardon, madame...

LE CONDUCTEUR.

Angoulême! Angoulême!..

(Un voyageur ouvre la portière, et s'apprête à monter dans le wagon.)

ERNEST, se levant vivement.

La caisse est louée, monsieur. — Au diable l'importun!

(Le voyageur referme la portière.)

MADAME D'ARCY.

Fi! monsieur, savez-vous que le mensonge est un gros péché?

ERNEST.

C'est vrai, mais celui-ci est si petit, si petit, que j'espère que vous consentirez à en prendre la moitié.

MADAME D'ARCY, toujours avec coquetterie.

Non, certainement, mais tenez ce miroir droit, chaque fois que je veux me regarder, ce sont vos yeux que je rencontre, ou alors dites-moi si je suis bien.

ERNEST.

Oh! que vous seriez étonnée si je vous disais le contraire.

MADAME D'ARCY.

Vous me croyez coquette?

ERNEST.

Non, madame, mais rien n'est plus naturel chez une femme que le désir de plaire.

MADAME D'ARCY.

A ceux qui m'aiment et que j'aime, oui... Aux indifférents, nullement.

ERNEST, avec embarras.

Indifférent ou non, je crois qu'il est impossible de vous voir sans être séduit par les charmes de votre personne.

MADAME D'ARCY.

Merci! monsieur, vous êtes très-poli... Connaissez-vous Bordeaux?

ERNEST.

C'est la première fois que j'y vais.

MADAME D'ARCY, avec malice et arrangeant son sac de voyage.

Je veux tâcher de deviner pourquoi vous y allez... (Le regardant fixement.) Il y a un peu d'amour dans ce voyage...

ERNEST, troublé.

Mon Dieu, non. Une vieille parente qui m'a élevé, et que je n'ai pas vue depuis un an, m'a demandé de venir l'embrasser.

MADAME D'ARCY, finement.

C'est uniquement pour embrasser votre vieille parente, que vous allez à Bordeaux... cette nuit?

ERNEST.

Je vous assure qu'il n'y a pas d'autre motif.

MADAME D'ARCY, refermant son sac.

Je vous crois. (Une pause.) Recevez-vous quelquefois des nouvelles de vos amis de Genève?

ERNEST.

Très-souvent; ils s'aiment comme aux premiers jours de leur mariage, et m'ont demandé d'être parrain pour le mois de septembre; ils habitent un chalet sur les bords du lac, ne viennent presque jamais à la ville, et ce n'est pas un sacrifice pour cette chère enfant, elle préfère la tendresse de son mari à toutes les adulations du monde.

MADAME D'ARCY.

Et elle a bien raison, car si quelquefois on y trouve un plaisir, le plus souvent on n'y rencontre qu'indifférence et déception.

ERNEST.

Je ne pense pas que cela ait jamais dû vous arriver.

MADAME D'ARCY.

Encore un compliment! Vous me croyez, je le vois, lancée dans les plaisirs, fêtée, entourée d'hommages; vous vous trompez : quoique jeune encore, j'ai été cruellement éprouvée, et je viens de passer plusieurs années dans la retraite, sous le coup d'un profond chagrin. Presque toujours seule avec moi-même, et mes fleurs; et ces chères fleurs, en vraies amies, que de fois leur doux parfum, leur éclat, ont apporté des consolations à mes tristes pensées!

ERNEST.

Je n'ai pas le droit de vous demander plus que vous ne voulez me dire; mais je suis surpris que vos amis vous aient laissée si longtemps dans une pareille solitude; la solitude, madame, est le tombeau de l'âme; la Providence peut quelquefois nous envoyer une grande douleur, mais elle nous a aussi donné l'amour et, à son défaut, l'amitié pour nous aider à la supporter.

MADAME D'ARCY, attendrie.

Vrai? bien vrai? ce sont là de bonnes paroles!

ERNEST, s'animant.

Et qui n'envierait le bonheur de calmer vos peines... Oh! oui, heureux, mille fois heureux celui que vous aimerez assez pour lui confier cette douce tâche.

MADAME D'ARCY, vivement.

Mais, monsieur, prenez garde, ceci est une déclaration.

ERNEST, vivement.

Oh! non, madame.

MADAME D'ARCY.

C'est donc, alors, une raillerie?...

ERNEST.

Encore moins, je vous jure.

MADAME D'ARCY, avec ironie.

Ah! je comprends! Quand les autres voyageurs nous ont quittés à Étampes, vous vous êtes dit : « J'ai encore quelques heures à rester en voiture, je ne dors pas la nuit, mettons le temps à profit, voilà une femme jeune, assez agréable, il ne montera problablement personne jusqu'à Tours ou Bordeaux, commençons un petit roman, ajoutons une page à mon livre de souvenirs. »

ERNEST, avec émotion.

Non, non, madame, croyez-le bien, vous vous trompez.

MADAME D'ARCY, avec une ironie plus grande.

Mais, monsieur, je ne vous en veux pas du tout, vous êtes un homme charmant, et toutes vos paroles ont été pleines de tact et de réserve, vous m'avez énormément intéressée.

ERNEST.

Je suis au désespoir que vous ayez pu croire... mais c'est une fatalité!..

MADAME D'ARCY, l'interrompant.

Et puis une connaissance faite en voyage, surtout en chemin de fer, ce n'est pas embarrassant. A peine descendu de voiture, vous oublierez toutes vos galanteries; si demain, vous m'apercevez sur le Cours, vous me saluerez et tout sera fini, car nous ne nous connaissons pas, vous ne savez pas qui je suis, et moi j'ignore même votre nom.

ERNEST.

Ernest de Vernon!

MADAME D'ARCY.

Eh bien! monsieur de Vernon, je me félicite beaucoup du hasard qui m'a fait vous rencontrer.

ERNEST, très-ému.

Écoutez-moi de grâce, madame, si vous me connaissiez, vous sauriez que je suis incapable d'une mauvaise action; et, plus sévère que vous, j'appellerais mauvaise action ce que vous semblez traiter comme une plaisanterie. Quand je me suis trouvé seul avec vous, mes idées étaient bien loin, je ne m'étais pas aperçu que j'eusse une jolie femme pour compagnon de voyage, et, en vous parlant, je ne faisais que suivre l'instinct d'un homme bien élevé, sûr d'être toujours convenable. Que vous dirai-je, madame? lorsqu'on voyage à vingt lieues par heure, l'imagination, la tête, le cœur même, suivent peut-être un peu cette rapidité du mouvement. Je n'ai voulu qu'être poli, aimable, et si, attiré malgré moi par tout ce qu'il y a de séduisant en vous, j'ai maladroitement été trop galant, excusez-moi, je vous en prie, car mon respect pour vous égale mon admiration; oui, je vous le répète, c'est une fatalité!

MADAME D'ARCY.

Pourquoi ce mot : une fatalité ? je ne le comprends pas.

ERNEST.

Après ce qui vient de se passer, je ne dois plus vous cacher la vérité, et permettez-moi de vous lire cette lettre. (*Madame d'Arcy fait un mouvement de refus.*) C'est une lettre de madame de Vernon, ma chère et vieille tante. (*Il tire une lettre de son portefeuille et lit :*) « Mon cher Ernest, recueille-toi pour lire cette lettre qui » te porte le bonheur de toute ta vie; ma jeune amie est re- » venue de la campagne, sa première visite a été pour moi; » nous n'avons parlé que de mon désir, de mes espérances; » elle a accepté une entrevue pour après-demain soir. Remer- » cie Dieu, mon enfant, car, dans son inépuisable bonté, il ne » t'aura jamais fait un plus beau présent; elle est plus jolie » que jamais; cependant je l'ai trouvée un peu triste, et je » crois que l'existence qu'elle a menée depuis la mort de son » mari, l'isolement qu'elle s'est volontairement imposé, ont » disposé son cœur à une nouvelle affection; elle n'a rien ou- » blié de tout ce qu'elle a su de toi depuis un an. Arrive » donc de suite; adieu, mon Ernest; ta bonne et sainte mère » doit me bénir là-haut, car je donne à son cher fils la meil- » leure, la plus parfaite des femmes. Je t'embrasse. » — Je suis donc parti de Paris hier soir pour cette entrevue de demain, sérieusement décidé à accepter le bonheur que l'on m'offrait, si toutefois j'avais la chance de plaire; car, pour moi, je ne devais pas douter qu'un pareil portrait ne fût celui d'une personne accomplie; j'ai pris le convoi de nuit, espérant le silence et la solitude, afin de me préparer à l'acte le plus sérieux de ma vie; je vous ai rencontrée, madame, je me suis laissé aller au plaisir de vous regarder, de vous écouter; j'étais fasciné, entraîné, je jouais avec une folle idée, je vous en demande mille pardons; peut-être, me disais-je, ma prétendue inconnue est-elle jolie, aimable comme cette compagne de voyage que le hasard m'a donnée. Je faisais ainsi un joli rêve tout éveillé, et, sur mon honneur, madame, ce que je désire de toutes les forces de mon âme, ce qui comblerait tous mes vœux, c'est que la femme à laquelle je suis destiné, que je dois rendre, que je rendrai heureuse, ait un peu de cette grace et de cet esprit charmant que j'admire en vous depuis notre départ.

MADAME D'ARCY, avec ironie.

Ainsi, monsieur, sans l'avoir vue, vous vous êtes engagé avec madame d'Arcy?

ERNEST, surpris.

Engagé avec madame d'Arcy!... Comment savez-vous?... Qui vous a dit?...

MADAME D'ARCY.

Personne! mais parmi toutes les qualités que vous avez bien voulu me donner, vous en avez oublié une : je suis aussi, vous le voyez, un peu sorcière.

ERNEST.

De grâce, expliquez-vous.

MADAME D'ARCY.

Allons, calmez-vous, monsieur de Vernon; madame d'Arcy est une excellente femme, elle vous rend votre parole et vous permet d'épouser celle que vous choisirez.

ERNEST, vivement ému.

Madame... d'Arcy... me permet... Je n'ose comprendre... je vous en supplie... parlez, parlez; vous me faites mourir!

MADAME D'ARCY.

Eh bien! avez-vous enfin deviné que c'est avec madame d'Arcy elle-même que vous avez voyagé cette nuit... (Lui tendant la main.) Et le regrettez-vous?

(Ernest tombe aux genoux de madame d'Arcy.)

ERNEST.

Oh! mon cœur, mon bon cœur! je te remercie, tu ne t'étais

pas trompé, toi ; tu avais senti qu'ici étaient le bonheur et la joie de toute ma vie. (Il embrasse la main de madame d'Arcy.) Mais vous me connaissiez, madame ? Ah ! c'est là une petite trahison.

MADAME D'ARCY.

J'ai su seulement à la station de Tours que vous étiez monsieur de Vernon. (Montrant la valise.) Votre nom est sur cette valise.

ERNEST.

Vous ne dormiez donc pas?

MADAME D'ARCY, souriant.

Non !... J'ignorais avec qui je voyageais ; votre conversation me plaisait ; en parlant de vos jeunes amis elle devenait embarrassante, surtout pour celle qui ne voulait s'entendre dire qu'elle était aimée que par son mari. J'ai feint de dormir, mais quand vous êtes remonté, alors je vous connaissais ! Vous m'avez trouvée un peu coquette, convenez-en ; je voulais absolument savoir si vous me feriez une déclaration, et je me suis donné bien de la peine pour cela... Ah ! monsieur, vous êtes très-fort !

ERNEST, lui baisant les mains avec passion.

Non, madame ! je vous ai aimée dès que je vous ai vue, et, je vous le jure, je serai un bon mari...

LE CONDUCTEUR, ouvrant la portière.

Bordeaux ! Bordeaux !

(Ernest descend du wagon avec madame d'Arcy.)

FIN

DE QUATRE A SIX HEURES

PERSONNAGES

MADAME DE VERGY.	Mlle FIGEAC.
MADAME DE SIMIANE.	Mlle FIX.
MONSIEUR DE SIMIANE, son mari. .	M. BRESSANT.
UN DOMESTIQUE.	

DE QUATRE A SIX HEURES

UN SALON.

SCÈNE PREMIÈRE

MADAME DE VERGY, HENRI DE SIMIANE.

(Madame de Vergy travaille à un métier à tapisserie. — Monsieur de Simiane est assis près de la table, et tient un album. — Huit heures sonnent.)

MADAME DE VERGY, regardant la pendule.

Huit heures ! Voilà juste un quart d'heure que vous n'avez prononcé une parole ; à quoi pensez-vous, Henri ?

DE SIMIANE.

A rien, ma chère cousine, ou plutôt à tant de choses... que je ne pourrais vous les dire.

MADAME DE VERGY.

Cherchez un peu.

DE SIMIANE.

Eh bien ! je pensais... qu'il y a quatre mois, à la même heure, j'étais chez un ami, aux pieds des montagnes Rocheuses dans le Tenessée.

MADAME DE VERGY.

Un ami... marié ?

DE SIMIANE.

Marié... et père de quatre enfants.

MADAME DE VERGY.

Et très-heureux ?

DE SIMIANE.

Je ne le lui ai pas demandé.

MADAME DE VERGY.

Pour quel motif?

DE SIMIANE.

Par discrétion, et... par prudence.

MADAME DE VERGY, souriant.

Il y a beaucoup de serpents dans ce pays-là ?

DE SIMIANE.

Pourquoi me faites-vous cette question ?

MADAME DE VERGY.

Je ne sais... pour m'instruire. Je n'ai jamais voyagé... enfin... vous vous êtes décidé à revenir... êtes-vous content d'avoir revu Paris?

DE SIMIANE.

Je suis content de vous avoir revue, vous, ma chère Adèle, de vous avoir retrouvée bonne comme il y a trois ans.

MADAME DE VERGY.

Trop bonne, car après ce silence gardé vis-à-vis de vos amis pendant tout ce temps, j'ai eu la faiblesse de vous embrasser, quand il y a quinze jours, vous avez fait irruption dans ce salon.

DE SIMIANE.

Pour la rareté du fait, il est heureux qu'il y ait quelques bonnes âmes dans la famille.

MADAME DE VERGY.

Si c'est pour rapporter ce joli mot que vous avez été si loin, vous auriez tout aussi bien fait de rester rue de Lille... (Henri fait un mouvement d'impatience.) Ne vous fâchez pas, car, malgré vos défauts, je vous aime beaucoup.

DE SIMIANE.

Mes défauts... je n'en ai pas plus qu'un autre.

MADAME DE VERGY.

C'est déjà très-beau d'en avoir autant.

DE SIMIANE.

Qui vous l'a dit? Probablement ma femme?

MADAME DE VERGY.

Votre femme... je crois qu'elle a même oublié votre nom... c'est tout le monde.

DE SIMIANE.

Et tout le monde, après notre séparation, a-t-il trouvé des défauts à madame de Simiane?

MADAME DE VERGY.

Il n'est point question de madame de Simiane, mon ami, mais de vous.

DE SIMIANE.

Cette injustice du monde m'irrite; quoi! un homme indignement offensé se voit forcé de se séparer de sa femme, au lieu de le plaindre, c'est à qui lui donnera un défaut ou un vice; quant à cette pauvre victime qui a rendu son mari malheureux... souvent même ridicule, on la dotera de toutes les qualités, de toutes les vertus... Tenez, je déteste votre civilisation, j'aime mieux les mœurs primitives de mes forêts.

MADAME DE VERGY.

Les femmes sont-elles primitives dans vos forêts?

DE SIMIANE.

Charmantes!... et sans crinoline.

MADAME DE VERGY, riant.

Auriez-vous, par hasard, épousé là-bas une jeune Yankee?

DE SIMIANE.

Non, ma chère Adèle. — La bigamie est un cas pendable, et c'est bien assez d'avoir été pendu une fois.

MADAME DE VERGY.

Qui sait où peut conduire l'amour de la science?

DE SIMIANE.

Je me trouve assez savant comme cela.

MADAME DE VERGY.

Ainsi votre vie s'est passée sans un souvenir, sans un regret.

DE SIMIANE.

Sans un regret.

MADAME DE VERGY.

Vous êtes un affreux homme.

DE SIMIANE.

Cependant, j'ai souvent eu un remords.

MADAME DE VERGY.

Enfin !

DE SIMIANE.

En pensant que notre triste exemple vous a peut-être empêchée de vous remarier, et je vous assure que, plus d'une fois, j'en ai gémi.

MADAME DE VERGY.

Vous êtes trop bon, mon cher Henri, la folie des autres a peu d'influence sur moi. Si je ne me suis point remariée, c'est que j'ai deux petits anges que j'adore, et qu'il n'y aurait pas dans mon cœur assez de place pour une autre affection, et puis... j'ai trente-cinq ans, mon ami... deux rides... et trois cheveux blancs.

DE SIMIANE, *surpris.*

Vous avez trente-cinq ans?

MADAME DE VERGY.

Comme vous dites cela! vous m'effrayez. Est-ce que j'en parais trente?

DE SIMIANE.

Non certainement, jamais vous n'avez été si jeune et si belle.

MADAME DE VERGY.

Voilà un petit compliment qui me prouve que pendant longtemps vous avez vécu avec des sauvages, et que depuis quinze jours vous ne voyez que moi.

DE SIMIANE.

Très-sérieusement, vous êtes une des plus séduisantes femmes que j'ai jamais rencontrées, et le blanc vous sied à ravir.

MADAME DE VERGY.

C'est un peu banal. Ah! ça, allez-vous me faire la cour?

DE SIMIANE, *gaiement.*

Ma foi ! si j'osais...

MADAME DE VERGY.

Vous avez perdu la raison !

DE SIMIANE.

Parce que je vous trouve charmante ?

MADAME DE VERGY.

Mais, mon ami, vous êtes marié.

DE SIMIANE.

Je l'ai été si peu, et je ne le suis plus du tout.

MADAME DE VERGY.

Et vous deviez partir hier soir, et vous partez après-demain

DE SIMIANE.

Je pars, je pars, cependant je pourrais ne pas partir.

MADAME DE VERGY.

Henri ! voulez-vous me regarder en face... sans rire ?

DE SIMIANE.

Je vous regarde, et mon opinion ne varie pas. Vous êtes charmante.

MADAME DE VERGY.

C'est donc pour me dire ces jolies choses-là, que vous avez fait cette grande toilette ce soir ? Eh bien, vrai, je regrette que vous ayez mis cette belle cravate blanche.

DE SIMIANE, *riant.*

Je crois aussi que c'est elle qui me rend stupide. Toutes les fois que je me rapproche de votre civilisation, je sens que je deviens ridicule. Je vais ce soir au bal chez les Sandiago, je n'ai pu refuser cette invitation, ils ont été très-bons pour moi au Mexique, mais je ne ferai que paraître et disparaître, et si vous le voulez bien, je reviendrai à onze heures prendre le thé avec vous.

MADAME DE VERGY.

Avouez que vous avez... peur.

DE SIMIANE, *étonné.*

Peur de quoi ?

MADAME DE VERGY.

De rencontrer à ce bal... certaine personne.

DE SIMIANE.

Cela me serait parfaitement indifférent.

MADAME DE VERGY.

Mais si vous alliez la trouver encore plus... belle qu'il y a trois ans?

DE SIMIANE.

J'ai appris à me défier de ces piéges... Je n'apprécie maintenant que la beauté qui vient de l'âme.

MADAME DE VERGY, souriant.

Oh! que le désert vous a rendu sentencieux!

DE SIMIANE.

Et si un hasard funeste nous mettait en présence, il me trouverait aussi calme qu'en ce moment... Je saluerais madame de Simiane comme une voyageuse avec laquelle on a passé une journée au pays des chimères... Oh! je vois votre sourire... je devine où tend votre badinage... mais sachez bien que je suis un homme d'un certain caractère, et que j'ai fait contre elle un serment que je n'oublierai jamais.

MADAME DE VERGY.

Vous croyez aux serments?

DE SIMIANE.

Je ne sais pas si vous y croyez, ma chère cousine, quant à moi, je vous le répète, c'est jamais... jamais!...

MADAME DE VERGY.

Jamais!... Quel âge avez-vous, Henri?

DE SIMIANE.

Trente ans.

MADAME DE VERGY.

Accomplis?

DE SIMIANE.

Non; je les aurai à la fin de mai.

MADAME DE VERGY.

Ah! tant mieux!

DE SIMIANE.

Pourquoi tant mieux?

MADAME DE VERGY.

Parce que ce n'est qu'à trente ans sonnés que les cas de folie amoureuse deviennent incurables... Nous sommes en janvier... (Comptant sur ses doigts.) février, mars, avril, mai... quatre mois... on a le temps de vous guérir.

DE SIMIANE.

Je ne puis m'empêcher de rire de votre malicieux esprit; mais où voyez-vous que je sois fou?

MADAME DE VERGY.

Vous l'êtes, mon cher ami, en paroles et en actions; un beau jour, sans dire pourquoi, vous quittez femme, parents, pays, tout ce que vous aimiez et qui vous aimait. Après trois ans d'absence, vous revenez sans vous faire annoncer, et il y a un instant, si j'avais minaudé le moindre sourire, vous alliez peut-être me faire une déclaration... à moi, votre vieille cousine... Quel nom donnez-vous à cela?

DE SIMIANE.

Eh! bien, soit... J'ai du vide à l'âme... je m'irrite peut-être d'être seul en ce monde à n'aimer personne et à n'être aimé de personne... Ne soyez donc ni trop fière ni trop indignée de mes propos galants... Je me suis égaré dans la vie... et je cherche un cœur qui voudrait bien m'offrir l'hospitalité.

MADAME DE VERGY, gaiement.

Je vous ouvre le mien, si vous voulez vous contenter d'une chambre d'ami... Voyons, devenez un peu sérieux, écoutez-moi.

DE SIMIANE.

Je ferai tout ce que vous voudrez, pourvu que vous ne me parliez jamais d'elle.

MADAME DE VERGY.

Hélas! mon pauvre ami, vous jouez avec la vie comme un enfant avec un hochet. Vous brisez la vôtre aujourd'hui parce qu'elle vous a causé quelques heures d'ennui, sans vous rappeler, ingrat, toutes les joies qu'elle vous a données hier; vous vous croyez fort, vous n'êtes que lâche et insensé.

DE SIMIANE.

Ma chère Adèle, bien qu'il me soit pénible de revenir sur ces tristes événements, l'intérêt que vous m'avez toujours témoigné, la réserve, la discrétion que vous avez mises à ne pas m'interroger, m'obligent à vous ouvrir mon cœur, non que je veuille me justifier, j'ai la conscience d'avoir fait mon devoir.. J'étais, vous le savez, encore au service, et j'arrivais d'Afrique quand, il y a quatre ans, je rencontrai mademoiselle Emma de Brèves, en Touraine, chez notre tante de Vaudray. Leur terre était voisine, on se voyait tous les jours, à toute heure. Séduit par l'éblouissante beauté d'Emma, par son esprit à la fois aimable et sérieux, j'en devins éperdument amoureux. Bientôt j'avouai mes prétentions à monsieur de Brèves, elles furent accueillies... Il fit appeler sa fille, la laissant maîtresse de disposer de son sort. Mon cœur battait à rompre ma poitrine, car j'ignorais quelle impression j'avais pu produire sur elle. Elle s'avança vers moi, et, sans prononcer une parole, elle mit tendrement ses deux mains dans les miennes. Jugez de ma joie! j'étais aimé, du moins je dus le croire; ma destinée me sembla fixée. Je donnai ma démission; la gloire, que j'avais cherchée dans la vie des camps, m'apparut assise au foyer de la famille. Hélas! ce bonheur était un rêve!... mon illusion fut de courte durée.

MADAME DE VERGY.

Mais, vous me confondez... quel charme, quelle vertu ont donc manqué à Emma? Et n'avait-elle pas fait de votre bonheur le devoir de toute sa vie?

DE SIMIANE.

Oui, le devoir, voilà le grand mot!... Elle ne m'a pas trahi, c'est vrai; mais pour une âme ombrageuse et fière, pour un cœur dévoué comme était le mien, croyez-vous que ce ne soit pas une cruelle torture... de sentir qu'une femme, en prenant votre nom, a laissé à un autre son amour!

MADAME DE VERGY.

D'où vous vint cette étrange révélation?

DE SIMIANE.

Elle fut toute fortuite. Je déjeunais dans un café des boulevards ; à une table voisine, des jeunes gens prononcèrent le nom de monsieur de Cerny. Je ne le connaissais pas; je savais seulement qu'il était le parent d'Emma. « Eh bien, vous savez, dit l'un d'eux, de Cerny est revenu d'Italie, où il était allé se guérir d'une blessure de cœur... Vraiment?... oui, il aimait d'un amour partagé mademoiselle de Brèves, sa cousine ; mais, comme les parents et les amoureux ne sont pas souvent d'accord, un autre s'est présenté, avec un beau nom, une grande fortune, et mademoiselle de Brèves, n'osant résister à son père, s'est résignée à un mariage de convenance. » Écrasé, anéanti, je sortis la tête en feu, le désespoir au cœur... Cette femme, pour laquelle j'eusse vingt fois donné ma vie, cette femme avait aimé, que dis-je, elle aimait toujours M. de Cerny... J'arrivai à l'hôtel en courant, tant j'avais hâte de revoir Emma, et j'entrai brusquement chez elle ; je la trouvai écoutant attentivement un jeune homme que je n'avais jamais vu. Des larmes tremblaient encore à ses paupières... Tous deux se levèrent vivement à mon approche, et madame de Simiane, avec un trouble qu'elle ne put dissimuler, me jeta le nom de monsieur de Cerny. Ah ! je l'avais déjà deviné ! J'hésitai un instant si je tuerais cet homme .. il a dû le comprendre, car, lorsqu'il me tendit la main, je la serrai à la lui briser ! Nous échangeâmes quelques mots embarrassés, et puis, monsieur de Cerny se retira. Que se passa-t-il en moi? je l'ignore... la jalousie me rendait insensé. Je ne vous dirai pas les détails de l'horrible scène qui suivit : madame de Simiane ne trouva pas une parole pour s'excuser, pas un mot pour calmer mes angoisses; je la quittai, décidé à ne plus la revoir. Le soir même une lettre lui apprit ma résolution de retourner en Afrique. Je voulais reprendre du service dans l'espoir de me faire casser la tête à la première affaire; mais, redoutant l'intervention de nos parents, je pris une autre route et m'embarquai au Havre sur un bâtiment en partance pour l'Amérique ; vous savez le reste. Pendant trois années, j'ai traîné sur cette terre lointaine une existence que Dieu ne m'a pas fait la grâce de reprendre et que moi-même je n'ai pas eu le courage d'abréger.

MADAME DE VERGY.

Mon pauvre ami! ah! je vous plains de toute mon âme!... (Une pause.) Pourquoi ne m'avez-vous pas écrit?

DE SIMIANE.

J'ai peut-être eu tort de lutter contre mon cœur, qui me conseillait de m'adresser à vous! il savait, lui, que vous étiez ma meilleure amie, car, à peine arrivé, il m'a conduit chez vous.

MADAME DE VERGY.

J'étais absente quand vous avez quitté Paris, et, comme tout le monde, j'ai toujours ignoré ce qui s'était passé entre madame de Simiane et vous.

DE SIMIANE.

Madame de Simiane n'a rien dit?

MADAME DE VERGY.

Elle a dit que vous étiez en Algérie pour des affaires d'intérêt. Un mois après votre départ, monsieur de Cerny épousait mademoiselle d'Aubray...

DE SIMIANE, l'interrompant.

Un mois après mon départ?

MADAME DE VERGY.

Oui.

DE SIMIANE.

Dites-moi... mademoiselle d'Aubray était-elle jolie?

MADAME DE VERGY.

Elle était, et est encore, une des plus jolies femmes de Paris.

DE SIMIANE.

Madame de Simiane n'assista pas à ce mariage?

MADAME DE VERGY.

Elle y vint avec moi, et si elle fut pendant la cérémonie, ce que j'ignore, l'objet de l'attention de ses charitables amis; son attitude calme et digne dut désarmer même les plus malintentionnés. Au printemps, Emma partit pour la Touraine, elle y resta trois ans. Nous nous écrivîmes quelquefois; je lui demandais toujours quand vous reviendriez, elle me répétait que votre absence se prolongeait, que votre famille vous avait laissé une fortune embarrassée. Voyant que mes questions la gênaient, je cessai notre correspondance. Madame de Simiane est rentrée à Paris cet hiver avec son père, et paraît accepter franchement la position de femme séparée de son mari... Nous nous voyons souvent; un jour que je crus remarquer qu'elle était plus triste que d'habitude, je me hasardai à prononcer votre nom, elle me répondit, ce que vous m'avez dit tout à l'heure : « Ma chère Adèle, je vous en supplie, ne me parlez jamais de monsieur de Simiane. »

DE SIMIANE.

Elle me hait pour tout le mal qu'elle m'a fait.

MADAME DE VERGY.

Non, Henri, mais pour le bonheur qu'elle n'a pu vous donner. Car elle vous aimait, elle n'a jamais aimé que vous, et vous-même... vous l'aimez toujours... osez dire le contraire?

DE SIMIANE, avec un soupir de tristesse serrant la main d'Adèle...

Terminons cet entretien, je vous en prie. Ma chère Adèle... ne trouvez-vous pas qu'il fait obscur dans ce salon, vos lampes éclairent très-mal ce soir, me permettez-vous d'allumer ces bougies?

MADAME DE VERGY.

Certainement...

(Monsieur de Simiane allume les bougies des candélabres qui sont sur la cheminée.)

MADAME DE VERGY, bas.

Pauvre fou! Parce qu'il aura illuminé ce salon, il croit qu'il verra plus clair dans son cœur. (Haut.) Mais vous oubliez votre bal, regardez bien toutes les femmes, toutes les toilettes, vous me direz quelles sont les beautés à la mode cet hiver...

DE SIMIANE.

Vous êtes donc bien pressée de me congédier. Attendez-vous quelqu'un?

MADAME DE VERGY.

Oh! mon Dieu, non, je devais aller passer une heure aux Italiens, mais j'y renonce sans regret, si vous restez toute la soirée avec moi... Il n'y a que votre cravate blanche qui ne fera pas ses frais.

DE SIMIANE.

Ma foi, tant pis pour elle, elle n'ira pas au Mexique ce soir, j'accepte votre petite fête. Voyez donc cet éclat... ces lumières... je trouve que l'on n'est pas assez égoïste... Si j'étais un nabab ou un sultan je voudrais évoquer pour la femme aimée toutes les féeries des mille et une nuits.

MADAME DE VERGY, riant.

Dois-je aller mettre des diamants et une robe lamée d'or pour compléter l'illusion?

DE SIMIANE.

Oh! non, cela me ferait perdre un quart d'heure du plaisir que j'ai près de vous.

MADAME DE VERGY.

S'il est vrai que vous ayez quelque plaisir à me voir, ne partez pas après-demain.

DE SIMIANE.

Vous êtes la meilleure des femmes, mais ma tristesse finirait par vous gagner.

MADAME DE VERGY.

Non, mon ami, un jour vous me conterez vos peines; le lendemain je vous dirai les miennes, et nous trouverons dans notre vieille affection de bonnes paroles pour nous consoler. (Une pause.)

DE SIMIANE, s'approchant de la table.

Vous avez reçu des livres nouveaux, les avez-vous lus?

MADAME DE VERGY.

Non! Je dois finir cette tapisserie... vous seriez bien aimable de me faire une lecture, tenez .. Prenez un de ces volumes...

DE SIMIANE.

Très-volontiers. (Il prend un livre, s'assied, et lisant le titre.) *Le Marquis de Villemer*, de George Sand... Vous aimez donc les romans de Sand?

MADAME DE VERGY.

Autant vaudrait-il demander à une femme : — Avez-vous souffert?.. Avez-vous rêvé?.. Avez-vous aimé?

SCÈNE II

LES MÊMES, MADAME SIMIANE.

UN DOMESTIQUE, annonçant.

Madame de Simiane...

(Madame de Vergy et monsieur de Simiane se lèvent vivement.)

DE SIMIANE, à madame de Vergy.

Ah! c'est bien mal... c'est une trahison!

MADAME DE VERGY.

Je vous jure, Henri, que je ne savais pas que votre femme dût venir ce soir. (Madame de Simiane entre. — Monsieur et madame de Simiane se saluent très-cérémonieusement, madame de Vergy va au-devant de madame de Simiane, monsieur de Simiane qui a gardé son livre s'approche de la cheminée. Ils sont tous trois embarrassés.) Il y a longtemps, Emma, que je ne vous ai vue.

MADAME DE SIMIANE.

Je crains de vous avoir dérangée.

MADAME DE VERGY.

Du tout... nous causions... mon cousin me racontait ses voyages...

MADAME DE SIMIANE.

Je croyais vous trouver seule, je me retire.

MADAME DE VERGY, bas.

Restez, Emma, je vous en conjure, on croirait que vous avez peur. Mettez la main sur votre cœur, s'il bat trop vite, mais n'ayez pas l'air de fuir lâchement devant l'ennemi. (Haut.) Allez-vous ce soir au bal des Sandiago?

MADAME DE SIMIANE.

Non. Je ne vais plus au bal.

MADAME DE VERGY.

Vous avez tort, Emma, vous êtes trop jeune et trop jolie pour renoncer aux plaisirs de votre âge.

MADAME DE SIMIANE.

Mais, vous-même, Adèle, n'y avez-vous pas renoncé?

MADAME DE VERGY.

Moi, c'est différent, je suis une vieille femme, je crains les grandes lumières. (Elle regarde en souriant l'éclairage de son salon) et j'aime mieux qu'on vienne m'adorer chez moi... Que lisez-vous donc avec tant d'attention, Henri?

DE SIMIANE.

Un charmant livre rempli de grandes vérités.

MADAME DE VERGY.

Lesquelles?

DE SIMIANE, ouvrant le livre.

L'amour naît d'un regard, il vit d'un sourire, d'une fleur tombée d'un bouquet, et...

MADAME DE SIMIANE, l'interrompant.

Et meurt d'un mot cruel et d'un injuste soupçon!

MADAME DE VERGY.

Tout cela est dans votre livre, Henri?

DE SIMIANE.

Ce que j'ai dit seulement.

MADAME DE VERGY.

Et vous, Emma?

MADAME DE SIMIANE.

Je l'ai trouvé dans mes souvenirs.

(Silence.)

DE SIMIANE, regardant dans son livre.

Le souvenir! un mot inventé pour exprimer plus souvent les pensées du moment que celles du passé...

MADAME DE VERGY.

Quel est le titre de ce volume?

MONSIEUR DE SIMIANE.

Les. Pensées d'un sage.

MADAME DE VERGY, à Henri.

Donnez-moi ce livre. (Elle lit le titre, bas.) *Le Marquis de Villemer.* (Elle regarde Henri avec un sourire de reproche et pose le livre sur la table derrière elle.) Ma foi, j'aime mieux les *Paroles d'un fou*, racontez-nous plutôt une de ses histoires que vous rapportez d'Amérique?

MADAME DE SIMIANE, surprise.

Il arrive d'Amérique.

MADAME DE VERGY.

Oui! Eh! bien, Henri, nous vous écoutons.

DE SIMIANE.

Ma chère cousine, je ne sais pas conter. Excusez-moi, il faut que je vous quitte. (Il s'approche de madame de Vergy et lui donne la main.) Adieu, Adèle.

MADAME DE VERGY, à Henri.

Vous allez au bal?

DE SIMIANE.

Oui!

MADAME DE VERGY.

Vous reverrai-je, ce soir?

DE SIMIANE, avec hésitation.

Non.

(Il lui serre la main, salue sa femme et sort.)

SCÈNE III

MADAME DE SIMIANE, MADAME DE VERGY.

(Un moment de silence.)

MADAME DE VERGY.

Comme il est changé, ce pauvre Henri, ne trouvez-vous pas, Emma?

MADAME DE SIMIANE.

Je ne sais, je ne l'ai pas regardé.

(Elle se lève et cache sa figure pour dissimuler ses larmes.)

MADAME DE VERGY, allant à elle.

Pleurez donc, ma chère Emma, les larmes soulagent toujours.

MADAME DE SIMIANE.

Pardonnez-moi cet enfantillage. Certes, en venant ici, je ne m'attendais pas à y trouver...

(Elle veut s'en aller.)

MADAME DE VERGY.

Non, restez encore, je vous en prie.

MADAME DE SIMIANE.

Je me sens si triste, que je crains de vous donner mon ennui.

MADAME DE VERGY.

Asseyez-vous là, et puisqu'une rencontre qui n'a pas été préméditée, je vous jure, m'autorise à vous parler à cœur ouvert, promettez-moi de m'écouter quelques instants... Je suis une bonne femme, vous n'en doutez pas, Emma, je comprends tout ce qu'il y a de pénible dans la position qui vous a été faite, et je vous aime trop pour rien vous dire qui puisse froisser vos sentiments. (Elle l'embrasse.) Vous êtes malheureuse, Emma?

MADAME DE SIMIANE, avec un soupir.

Oh! oui.

MADAME DE VERGY, lui prenant la main.

Vous l'aimez toujours...

(Madame de Simiane veut se lever; madame de Vergy la retient.)

MADAME DE SIMIANE.

Il faut que je m'en aille.

MADAME DE VERGY.

Ah! deux minutes encore!... Il souffre aussi, lui, car il n'a jamais cessé de vous aimer. (Une pause.) Vous avez passé l'automne assez gaiement, en Touraine, m'a-t-on dit?...

MADAME DE SIMIANE, avec un soupir ironique.

Oui! gaiement!

MADAME DE VERGY.

Vous avez eu des fêtes, des courses, même la comédie. — Jouiez-vous un rôle?

MADAME DE SIMIANE.

J'ai joué une fois... Par qui savez-vous tous ces détails?

MADAME DE VERGY.

Par monsieur d'Aligny, un de mes anciens adorateurs, aujourd'hui un de mes meilleurs amis.

MADAME DE SIMIANE.

C'est un homme charmant, toujours content, toujours gai.

MADAME DE VERGY.

Oui, mais très-bavard, très-indiscret.

MADAME DE SIMIANE.

Oh! vous le calomniez.

MADAME DE VERGY.

Il ne vous a rien dit, il y a quelques jours?

MADAME DE SIMIANE, *avec embarras.*

Il m'a dit... qu'il avait rencontré monsieur de Simiane chez vous.

MADAME DE VERGY.

Et vous êtes restée quinze jours sans me voir. Vous êtes venue ce soir, parce que vous l'avez cru parti d'hier, et il n'est pas parti, et je crois qu'il ne partira pas.

MADAME DE SIMIANE, *avec une joie qu'elle ne peut dissimuler.*

Ah! vraiment!

(Madame de Vergy regarde autour d'elle.)

MADAME DE SIMIANE.

Que cherchez-vous donc, Adèle?...

MADAME DE VERGY.

Je regarde si, par hasard, Henri serait resté dans quelque coin de ce salon.

MADAME DE SIMIANE.

Pourquoi?

MADAME DE VERGY.

S'il eût entendu avec quelle expression vous avez prononcé ce « Ah! vraiment » il en perdrait la tête de joie.

MADAME DE SIMIANE.

Vous vous trompez, s'il m'avait aimée, il ne m'aurait jamais quittée... Vous saviez donc qu'il était en Amérique?

MADAME DE VERGY.

Non. Je n'avais reçu aucune nouvelle de lui lorsqu'au commencement de ce mois, un soir, il entra chez moi, en me disant : « Je ne sais pas si vous me reconnaissez, je suis Henri de Simiane, j'ai été bien malheureux... J'arrive d'Amérique; j'espérais que l'absence me ferait oublier, mais je suis à bout de forces, je sens qu'avant de mourir, j'ai besoin de retrouver quelqu'un qui m'aime, et je viens au nom de notre vieille amitié vous supplier de me tendre les bras. » Aujourd'hui seulement, il m'a laissé entrevoir la cause de ce fatal départ.

MADAME DE SIMIANE.

Et moi, je l'ai toujours ignorée...

MADAME DE VERGY, *étonnée.*

Comment, mais cette explication?...

MADAME DE SIMIANE.

Que voulez-vous que je vous dise? Il était entré chez moi comme une tempête, je n'entendis que des mots entrecoupés par la plus violente colère. Je restai anéantie, je ne pus trouver une parole pour répondre à ses emportements... et il partit sans chercher à me revoir.

MADAME DE VERGY.

Dites-moi, ma chère Emma, n'y a-t-il pas eu des projets de mariage entre vous et monsieur de Cerny?

MADAME DE SIMIANE.

Oui.

MADAME DE VERGY.

Qui les a rompus?

MADAME DE SIMIANE.

Moi.

MADAME DE VERGY.

Et depuis votre mariage, avez-vous revu monsieur de Cerny?

MADAME DE SIMIANE.

Une fois, lorsqu'il perdit sa mère; il n'avait pas voulu m'envoyer une lettre encadrée de noir, et il était venu m'annoncer la fin de la sainte femme qui m'avait bercée sur ses genoux... Tenez, c'était le jour de cette terrible scène... Je versais déjà de tristes larmes quand Henri est entré...

MADAME DE VERGY.

Ainsi, ce trouble... cette émotion?... Je comprends tout.

MADAME DE SIMIANE.

Mais, quoi donc?

MADAME DE VERGY, *l'embrassant.*

Rien!... Remerciez Dieu, le temps des épreuves est passé, ma chère Emma!... Vous avez là un beau bracelet; ce médaillon est très-joli. (*Madame de Simiane détache un bracelet.*) Ce sont des cheveux. (*Elle touche le ressort, le médaillon s'ouvre.*) Ah! un portrait, celui d'Henri.

MADAME DE SIMIANE, *embarrassée.*

C'est un bijou d'habitude... Je vous jure que je n'ai pas ouvert ce médaillon depuis trois ans.

MADAME DE VERGY, *avec tendresse.*

Vous avez alors un autre portrait caché... (*Madame de Simiane fait un mouvement.*) Pourquoi vous défendre d'un bon sentiment, Emma? si vous ne pouvez lui rendre votre amour, tendez-lui la main comme à un ami qui a beaucoup souffert. Vous me permettrez, s'il... ne... part pas, de vous présenter monsieur Henri de Simiane; j'espère que vous ne me punirez point de son obstination à rester, et que vous reprendrez votre ancienne habitude, en sortant à deux heures, de venir me dire un petit bonjour. (*Madame de Simiane sourit.*) Vous le rencontrerez peut-être quelquefois... Il vient tous les matins et tous les soirs. Je n'en suis ni plus fière, ni plus coquette; ces hommes nerveux ont des instincts de femme... Henri ne s'y est jamais trompé un seul instant... Le premier soir qu'il est entré chez moi, il s'est assis dans ce fauteuil où vous êtes maintenant, et où vous vous mettez chaque fois que vous venez me voir; il a feuilleté cet album comme vous le feuilletez en ce moment, et, tous les jours, il recommençait, l'entêté... Son cœur lui avait dit qu'à cette place, il était plus près de son amour.

MADAME DE SIMIANE, souriant.

Vous riez de moi?...

MADAME DE VERGY.

Moi, rire de vous? Oh! non, ma chère Emma... Tenez, quand j'aurai fini cette tapisserie, je vous en ferai une; je prendrai pour sujet la fable des *Deux Pigeons*. Vous la garderez comme gage de notre amitié, et, ne souriez pas... elle servira peut-être un jour de leçon à vos enfants...

MADAME DE SIMIANE.

Vous êtes une méchante, Adèle, et cependant, je ne sais pourquoi, je vous aime encore plus aujourd'hui...

SCÈNE IV

UN DOMESTIQUE, Les Mêmes, MONSIEUR DE SIMIANE.

LE DOMESTIQUE, annonçant.

Monsieur de Simiane.

MADAME DE VERGY, à madame de Simiane.

C'est que ma maison est le nid où le pigeon voyageur aura retrouvé sa compagne.

DE SIMIANE, entrant.

Excusez-moi d'entrer chez vous si tard... (A part.) Dieu soit loué! elle est encore ici!

MADAME DE VERGY, présentant Henri à madame de Simiane.

Henri de Simiane, mon cousin.

(Ils se saluent moins froidement.)

DE SIMIANE.

En sortant de ce bal, j'ai vu vos fenêtres éclairées, et...

MADAME DE VERGY, l'interrompant avec malice.

Une longue file de voitures à ma porte?

DE SIMIANE.

Il n'y a qu'une seule voiture à votre porte

MADAME DE VERGY.

Et vous ne l'avez pas reconnue?... Comment, les merlettes et l'aigle d'or... les armes réunies des Simiane et des Brèves!... Non, vous n'avez pas dû la reconnaître, car vous ne seriez certainement pas monté.

DE SIMIANE, à sa femme.

Madame de Vergy plaisante avec beaucoup de grâce; mais je vous assure, madame, qu'elle se trompe.

MADAME DE SIMIANE.

Je vous crois, monsieur.

MADAME DE VERGY.

Alors, vous êtes monté parce que vous l'avez reconnue?

DE SIMIANE, avec un soupir.

Eh bien! oui!

(Madame de Simiane sourit.)

MADAME DE VERGY.

Posez donc là votre chapeau, et venez vous asseoir près de cette table... avec nous. Votre bal était-il brillant?

DE SIMIANE.

Très-brillant, très-bruyant, une chaleur horrible; un siècle m'eût paru moins long que l'heure que j'ai passée dans cette cohue; j'étais au supplice.

MADAME DE VERGY.

J'en suis ravie, il ne fallait pas y aller. Vous me promettez toute votre soirée, et, parce que je reçois la visite d'une amie, vous avez l'impolitesse de laisser là deux jolies femmes pour courir à ce bal. Eh bien! nous nous sommes passées de vous; nous avons très-agréablement employé notre temps à dire beaucoup de mal des maris... Avez-vous dansé, Henri?

DE SIMIANE.

Non.

MADAME DE VERGY.

Qu'avez-vous fait?

DE SIMIANE.

J'ai causé.

MADAME DE VERGY.

Avec qui?

DE SIMIANE.

Avec monsieur de Cerny. (Mouvement de madame de Simiane et de madame de Vergy.) Il est venu à moi en me tendant la main. « Monsieur de Simiane, m'a-t-il dit, nous ne nous sommes vus qu'une seule fois, et je le regrette. Dans cette seule entrevue que nous ayons eue ensemble, vous m'avez témoigné une froideur que je ne me suis jamais expliquée... Si l'un de nous deux devait en vouloir à l'autre, ce serait moi. Vous avez épousé une jeune fille que j'aimais : c'était votre droit; elle m'avait refusé... Elle ne m'aimait pas... et elle avait eu la loyauté de me le dire... » C'est alors que, le remords, le repentir au cœur... je suis revenu ici dans l'espoir d'y trouver une femme que j'ai cruellement offensée, odieusement soupçonnée, et sur laquelle je n'ose lever les yeux... Toute une vie d'amour et de dévouement pourra-t-elle jamais me mériter mon pardon?

(Une pause.)

MADAME DE VERGY, avec tendresse.

Eh bien! Emma, vous ne nous dites rien?

MADAME DE SIMIANE.

Je dis... qu'il est très-malheureux qu'on aille chercher en Amérique des explications qu'avec un peu de confiance on aurait trouvées si facilement chez soi. (Elle se lève, remet sa mantille.) Adieu, Adèle.

DE SIMIANE, d'un ton suppliant.

Hélas! madame, ne vous reverrai-je plus?...

MADAME DE SIMIANE, après un instant d'hésitation, lui tendant la main avec un sourire.

Je suis chez moi tous les jours, de quatre à six heures.

(Henri baise la main de sa femme, qui sort.)

DE SIMIANE, embrassant madame de Vergy avec effusion.

Ah! ma chère cousine, que vous avez bien fait de ne pas aller ce soir aux Italiens!

FIN

www.ingramcontent.com/pod-product-compliance
Ingram Content Group UK Ltd.
Pitfield, Milton Keynes, MK11 3LW, UK
UKHW021131230726
13926UKWH00002B/719

9 782014 100952